Le voyage de noce de Figaro

ŒUVRES PRINCIPALES

Aux Éditions Gallimard

Romans

Capri petite île
L'homme du roi
Bergère légère
Chair et cuir
Chasseneuil
Les élans du cœur
Creezy
Le corps de mon ennemi
Appelez-moi mademoiselle
Les passions partagées
Un oiseau dans le ciel
La terrasse de Lucrezia

Nouvelles

Les belles natures
Les ingénus

Mémoires

Les années courtes

Théâtre

L'œuf
La bonne soupe
Les cailloux
Théâtre I. Caterina — La bonne soupe — La preuve par quatre
Théâtre II. L'Œuf — L'Étouffe-chrétien— La mort de Néron — Madame Princesse
Un jour j'ai rencontré la vérité
Le babour
L'ouvre-boîte
L'homme en question
A nous de jouer

Chez d'autres éditeurs

En de secrètes noces, nouvelles (*Calmann-Lévy*)
La carriole du Père Juniet (*La Différence*)
Les secrets de la Comédie humaine (*L'Avant-Scène*)

Félicien Marceau
de l'Académie française

Le voyage de noce de Figaro

Librio

Texte intégral

Ce récit a paru en feuilleton dans *Le Figaro* et *Le Figaro Magazine*

1

Mes enfants... dit le comte Almaviva.

Assis, derrière son bureau, dans un fauteuil aux pieds chantournés, pieux héritage de sa tante Inès, et pieux étant ici une manière de parler, la vie sentimentale de la tante Inès ayant été aussi bariolée que le reps dudit fauteuil, le comte avait devant lui, à trois pas, debout, Figaro et Suzanne, lui bien pris dans une veste de coutil à rayures ponceau ; elle dans une robe d'indienne dont les fleurs, ajoutées à son joli visage plus frais que le cœur de la rose, évoquaient un jardin de pépiniériste par une belle journée de mai.

– Ma chère Suzanne, mon cher Figaro, reprit le comte avec une pointe d'émotion. Ainsi donc, vous voilà mariés !

À ton nez et à ta barbe, Monseigneur, se formula Figaro en se gardant bien d'énoncer tout haut cette incidente et en se montrant ainsi l'ingénieux précurseur de ce que, longtemps plus tard, on devait appeler le monologue intérieur.

– Eh bien, dit le comte, je vous offre le voyage de noce. Et un voyage de noce pas ordinaire. À travers toute l'Europe.

Peste ! se dit Figaro toujours *in petto*. Qu'est-ce que ça cache ?

Almaviva s'était penché vers son bureau et, avec un ahan de déménageur, à mon sens très exagéré, il en avait tiré une assez grosse bourse et divers papiers qu'il disposa devant lui.

– Voici pour vos premiers frais. Pour la suite, vous aurez ces lettres de change. Et voici l'itinéraire. Je vous demande de vous y conformer exactement.

– Tiens ! Il y a une raison ? demanda Figaro.

Cette question devait rester sans réponse. Tels sont souvent les grands de ce monde : leurs raisons, ils les tiennent pour eux. C'est ce qui leur permet de garder plus longtemps l'illusion qu'elles sont bonnes.

2

Le soir même, fous de joie, Figaro et Suzanne s'attelèrent à leurs valises. Vraie femme sur ce point, Suzanne eut bientôt devant elle une montagne de bagages, dont une malle-cabine qu'elle était allée quérir au château. Spectacle que Figaro regarda avec un sourire amusé. Pour lui, en homme rompu aux voyages, son siège était fait : il n'emporterait que son rasoir.

– Avec son rasoir, un barbier est partout chez lui.

En quelques phrases d'une ironie appuyée, Suzanne l'évoqua arpentant les rues de Madrid ou abordant la Puerta del Sol avec son rasoir pour seule vêture.

– Et où le porteras-tu, mon cher cœur ? En sautoir ou en bandoulière ? Et tout le reste à l'air peut-être ?

Dans ses moments de gaieté, elle pouvait être assez leste, Suzanne. Figaro convint de la justesse de cette observation et non sans maugréer contre l'effort que cela représentait, il se mit, lui aussi, à faire sa valise.

Restait à décider ce qu'on allait faire de Nabu. Ce Nabu qui, pour le moment, depuis sa cage, suivait ces préparatifs d'un œil inquiet, était un perroquet que Suzanne avait hérité de son parrain, homme par ailleurs excellent mais qui se prenait assez pour un autre et qui, tant il donnait dans le grandiose, l'avait dénommé Nabuchodonosor, appellation qui, l'érosion du temps aidant, s'était réduite à l'affectueux diminutif de Nabu. À qui allait-on pouvoir le confier ? À la Comtesse ? Elle l'oublierait dans le quart d'heure. Aux femmes de chambre ? Toutes des écervelées qui, dès le soir tombé, ne songeaient qu'à sauter le haha au fond du parc pour rejoindre leurs galants, belle image du fossé qui sépare la vertu de la licence.

– À Bazile ? suggéra Figaro.

– Pour qu'il lui apprenne à calomnier ! dit Suzanne avec décision. Merci bien !

Finalement, ils décidèrent de l'emmener.

3

À quelques jours de là, un soir, la diligence les avait déposés devant une auberge d'aspect assez avenant. Malgré l'adage selon lequel, dans les auberges espagnoles, on ne trouve que ce qu'on apporte, il y avait là des lits, et même quatre, avec le seul inconvénient qu'ils étaient dans la même chambre, usage d'ailleurs courant à l'époque. Le premier était occupé par un couple sur lequel il n'y avait rien à dire. Dans le deuxième, dormait un barbu sur lequel il n'y aurait rien eu à dire non plus sinon, soyons indiscrets, que, sous son oreiller, il y avait deux pistolets, ce qui pouvait donner à penser qu'il était soit un innocent en péril, soit un malandrin prêt à tout, tant il est vrai que la vérité a souvent un double visage. Quant au troisième, il en émanait un ronflement à réveiller l'Espagne entière. Homme de ressources, Figaro se mit à siffler. Homme raffiné, il eut soin de le faire sur un air qu'il avait souvent entendu jouer par la Comtesse sur son clavecin.

Le résultat atteignit son but et même le dépassa. Le ronfleur se réveilla tout à fait, se redressa dans son lit, toisa Figaro et, sur un ton lourd de reproche, il dit :

– Monsieur, on ne siffle pas Mozart.

– Pardon ! rétorqua Figaro. C'était en hommage.

– Dans ce cas... dit le ronfleur.

Qui se remit à ronfler. Figaro siffla alors un vieil air andalou dont l'origine populaire devait moins prêter le flanc à la critique. Il faut croire qu'en matière de sifflement pour ronfleurs, la qualité artistique n'est pas indifférente. Le ronfleur continuait à ronfler. Ne réussissant pas à dormir, Figaro enlaça Suzanne et s'occupa de ce que, pudiquement, nous appellerons le bonheur des époux. Ami lecteur, as-tu déjà entendu, alternés, les ronflements d'un ronfleur et les soupirs d'une femme comblée ? Allez, tu ne connais rien de la vie. Comme l'a dit un sage : rentre chez toi et étudie les mathématiques.

4

Entre-temps, de diligence en diligence, nos voyageurs avaient fait du chemin. Ils avaient parcouru tout un pan de l'Espagne, traversé des villes, longé des fleuves, côtoyé des précipices, croisé des troupeaux de moutons, essuyé deux ou trois avanies, étaient enfin parvenus à la frontière, avaient pénétré en France et, par une belle soirée d'été, ils étaient arrivés à Marseille.

5

Dès le lendemain matin, avides de connaître cette belle ville, une des plus cosmopolites du monde, et après s'être bichonnés, ils s'aventurèrent sur la Canebière. Déjà, bien qu'il fût assez tôt, une foule s'y pressait. Le Turc y côtoyait le Grec, le Corfiote le Suédois, le musulman le chrétien, le turban le tarbouche. Suzanne avait mis sa robe de gros de Tours et s'était coiffée à la saumonière, variante simplifiée du pouf aux sentiments, alors fort en vogue... C'est dire que son passage fit sensation. De partout, les exclamations fusaient.

– Té ! Péchère ! La belle petite !

– Viens par là, ma jolie ! Que je t'invite dans mon bastidon.

Un guitariste la suivait qui, la tête levée, comme ivre de ses roulades, lançait vers le ciel sa cantilène. Deux Siciliens qui passaient se vissèrent le poing sur la joue, mimique destinée à faire comprendre à Suzanne combien ils la trouvaient désirable. Quant aux autres femmes, en proie à un sentiment que les gens délicats comprendront, privées des regards qui généralement les couvraient, elles se sentaient nues et marmonnaient des propos dont la bienveillance n'était pas le caractère principal.

D'abord assez faraud de ce succès de son épouse, Figaro commença à en éprouver une inquiétude. Après de telles ovations, sa Suzanne, jusque-là si modeste, n'allait-elle pas s'en croire, se faire des idées ou, comme le disent, dans leur rude langage, les paysans asturiens, n'allait-elle pas « se monter le bourrichon » ? On connaît l'antique proverbe andalou (auquel je reprocherais un doigt de misogynie, reste peut-être de l'influence mauresque) : Femme belle est don du ciel. Femme qui se sait belle est don de l'enfer.

Figaro en était là de ses réflexions lorsque, ayant été séparé de Suzanne par une marchande de quatre-saisons qui poussait son charreton en vantant les vertus aphrodisiaques de ses artichauts (les artichauts ? Première nouvelle. Mais nous sommes à Marseille), lorsque, dis-je, à vingt pas de lui, devant le négoce d'un shipchandler, il aperçut Suzanne aux prises avec deux nonagénaires, lesquels, à une époque où la moyenne de vie était de trente-cinq ans, devaient être des curiosités locales. Elle avec le rouge de la pudeur sur ses joues, les deux nonagénaires avec tous les signes de la concupiscence sur leurs visages, c'était l'exact pendant du beau tableau de Piero di Cosimo, *Suzanne et les vieillards*.

Devant ce spectacle, le sang de Figaro ne fit qu'un tour. C'est dire qu'il fut bientôt revenu.

Retrouvant sa force d'âme, il fonça, repoussa énergiquement les deux nonagénaires (lesquels, pas du tout découragés et même avec des mines espiègles, s'en allèrent chercher ailleurs d'autres fraîcheurs, non sans avoir raflé au passage deux artichauts chacun, sans doute pour se donner du ton) et, ayant pris Suzanne sous son bras, il la ramena dans leur chambre d'hôtel.

– Déjà rentrés ? dit le perroquet. Péchère !

Miracle de la transplantation : en moins de vingt-quatre heures, Nabu avait déjà pris l'accent du Midi.

6

À Genève, ce jour-là, chose incroyable en Suisse mais préfiguration de nos lignes aériennes, la diligence avait beaucoup de retard. Aux récriminations des voyageurs, le maître de poste avait répondu fort posément et même en étirant ses syllabes :

– Ah, écoutez, il n'y a pas le feu au lac. Et, je vous en conjure, ne parlez pas si vite. J'en ai le tournis.

Lassé d'attendre et ayant disposé Suzanne sur un banc, devant le lac, en compagnie de Nabu, Figaro s'était rendu dans un café voisin. Assis à une autre table, se trouvait un homme de fort bon aspect qui, visiblement agacé par ce retard et sans doute contrarié dans ses projets, ne cessait de consulter sa montre, une montre dont, avec son œil d'aigle, Figaro avait immédiatement remarqué le fini. La conversation s'étant établie, ils avaient bu, ensemble et en se portant des toasts, quelques décis de ce vin suisse, si frais, si rieur qu'on en boirait un fût entier sans s'en apercevoir.

D'autres ont le vin triste, Figaro avait le vin disert. À peine la diligence en route, il se mit, avec beaucoup de verve, à raconter sa vie. Tout y passa : ses mécomptes comme garçon-apothicaire, ses déboires d'auteur dramatique, l'affaire de Séville, le comte Almaviva, Rosine, Chérubin, toutes choses dont il serait oiseux de donner ici le détail, la renommée, depuis, nous en ayant instruits.

On pense si les autres voyageurs étaient captivés. Il y avait là notamment un petit homme rabougri qui, les yeux ronds et la bouche ouverte, pénétrait dans un univers pour lui inconcevable. Il y avait aussi une dame au profil malmené par les intempéries mais avec un cheveu sur la langue qui lui donnait un charme ambigu. À chaque péripétie, elle poussait des exclamations du genre « Oh les hommes ! ». Ou « On croit rêver ! ». Ou encore, par un lapsus dont, de nos jours, un psychanalyste aurait fait son beurre : « Vous alors, on peut dire que vous en avez vu de toutes les couleuvres. »

Mais le plus attentif était l'homme à la montre. Non seulement il écoutait avec un intérêt passionné mais encore, à diverses reprises, avait-il interrompu Figaro pour lui demander quelques détails ou quelques précisions. C'en était au point que, lorsque la diligence les eut déposés à Zurich, vers les onze heures du matin, il déclara qu'au lieu de poursuivre immédiatement son voyage comme il en avait le dessein, il consacrerait sa journée à ses nouveaux amis, Figaro et Suzanne, et les pria même à déjeuner dans un restaurant des parages. Devant un tel empressement, Figaro commença à se formuler des réflexions. Fort du prestige de sa belle montre, cet homme ne nourrissait-il pas des projets scélérats sur la vertu de Suzanne ? Ou, autre hypothèse qui déjà faisait pavoiser Figaro comme un drapeau, était-ce à lui que cet homme s'intéressait et aurait-il été ce que Jean-Jacques Rousseau, dans ses *Confessions,* appelle, heureuse expression, un chevalier de la manchette ?

Mais non ! Qu'allait-il chercher ? Tout permet de supposer que ce voyageur n'était autre que Beaumarchais, Pierre Augustin Caron de Beaumarchais.

De supposer, ai-je dit. En effet, et sauf erreur, aucune des biographies de Beaumarchais ne fait état de cette rencontre. En est-elle, pour cela, impossible, inimaginable ? À la reine Marie-Antoinette qui, un jour, le « chipotait » sur une question de vraisemblance, Beaumarchais, préfigurant un titre depuis devenu célèbre, aurait répondu : « Non, Madame, Figaro existe. Je l'ai rencontré. » Mais l'a-t-il dit ? Ce point est controversé. Et s'il l'a dit, n'était-ce pas simplement une parade, un moyen de couper court à une discussion pour lui oiseuse ? Ou encore n'était-ce qu'un de ces paradoxes par lesquels, tout ensemble, les écrivains se débarrassent des questionneurs et dérobent à jamais leur secret, un peu dans le genre du « Madame Bovary, c'est moi » de Flaubert ? Allez savoir !

7

Partout et toujours supérieur aux événements, comme il se définissait volontiers, Figaro n'était pas un homme facile à éblouir. Pourtant, ce jour-là, à Venise, dans la gondole où, Suzanne étant peu habituée aux transports maritimes, il lui tenait la main, lorsqu'ils eurent longé le Grand Canal et, plus encore, lorsqu'ils arrivèrent devant ce triangle magique que constituent le Palais des Doges, le globe doré de la Dogana et l'église San Giorgio Maggiore dont la façade, sous le soleil, semblait, si j'ose dire, sortir d'elle-même, Figaro fut saisi par un sentiment où l'étonnement le disputait à l'émerveillement, heureuse combinaison qu'il sut traduire en ces termes choisis :

– Eh bien, ça, mon chou, bravo !

Après s'être attardés devant la belle façade du Palais des Doges, ils pénétrèrent dans la basilique San Marco. Suzanne y récita une dizaine de son chapelet tandis que, toujours en tant qu'homme supérieur et ami des Lumières, Figaro se contentait d'une génuflexion de courtoisie. Puis, ils allèrent s'asseoir à la terrasse du café Florian.

Sur l'immense place qui s'étendait devant eux, il y avait pas mal de monde. Lassés sans doute de becqueter la toujours identique provende que leur jetaient les gens, les pigeons s'étaient rassemblés sur le palais qui fait le fond de la place et, sous le frémissement de leurs ailes, cette façade ondulait comme une tapisserie, comme un rideau de théâtre prêt à se lever.

Au garçon qui apportait des sorbets, et malgré l'opposition de Suzanne qui craignait de se voir taxer d'indiscrétion, Figaro eut l'idée de citer le nom de ce Casanova dont l'évasion, quelques années plus tôt, avait fait tant de bruit.

– Ah, Casanova ! dit le garçon en réussissant à mettre dans ce seul mot ce zézaiement qui est un des agréments des Vénitiens.

– Un rude gaillard, je pense, enchaîna Figaro.

– Ça, vous pouvez le dire, Monsieur. Le jeu. Les femmes, dit le garçon avec un regard en biais vers Suzanne comme pour se demander si, devant une dame, il pouvait s'aventurer sur ce terrain.

– Vous l'avez connu ?

– Si je l'ai connu ! s'exclama le garçon. Ah la la, je pense bien ! Je le vois encore, assis là où vous êtes.

Et le regard au loin, perdu dans les brumes du souvenir, l'expression attendrie :

– Il nous a même laissé une fameuse ardoise.

8

On peut passer rapidement sur le séjour à Bologne où, Figaro ayant emprunté par mégarde une de ces rues dites chaudes (alors que la température y est égale à celle des rues avoisinantes), il eut à affronter d'abord les offres d'une demoiselle de minuscule vertu et ensuite les allusions blessantes du porte-respect de la demoiselle et ayant trait à son manque de virilité. Cela finit par des horions dont, lorsque Figaro eut regagné son hôtel, Suzanne pansa les traces avec une parfaite sollicitude mais aussi avec quelques remarques à peine moins acerbes que celles du porte-respect.

9

À Rome, ce matin-là, c'est d'un pas alerte que Figaro gagna la Piazza di Spagna, qu'il passa devant le long escalier de la Trinité-des-Monts et qu'il franchit le haut porche de l'Ambassade d'Espagne. Il y était chargé d'une mission : remettre en main propre à l'ambassadeur une lettre du comte Almaviva. Lettre et mission dont Figaro espérait qu'elles l'éclaireraient enfin sur les raisons de ce voyage, raisons sur lesquelles il commençait à se poser des questions. Malheureusement, après avoir lu la lettre, l'ambassadeur se contenta de grommeler un « Ah, celui-là ! » dont il était difficile de tirer une conclusion. En revanche, s'étant enquis avec aménité de la profession de Figaro, apprenant qu'il était barbier et le sien étant alité, il se fit très bien raser et oublia aussi bien de rémunérer cette prestation. Ce sont, comme on sait, chez les grands, façons habituelles. Quitte à les voir dégringoler des nues lorsque le hasard les confronte avec le prix du céleri en branches. Et on s'étonne que les États soient si mal régis.

10

Pour Naples, Dieu sait cependant si, depuis leur entrée en Italie, on les avait mis en garde : à Naples, les gens, on les enlève. On les enlève, on réclame une rançon et, si on ne la paie pas, calamité ! Figaro n'avait fait qu'en rire. Pourquoi m'enlèverait-on ? disait-il. Je ne suis pas un grand seigneur, un nabab, un milord en voyage, un maharajah en escapade. Eh bien, il avait tort !

Il faut dire que, cette fois, comme c'était la Sainte-Suzanne, et négligeant les principes d'économie qui les avaient gouvernés jusque-là, Figaro avait décidé de descendre dans un des beaux hôtels, sur le front de mer, hôtels généralement fréquentés par les voyageurs anglais si nombreux à cette époque. Là, ébloui par les airs que se donnait Figaro (« C'est mon ami l'ambassadeur d'Espagne qui m'a recommandé votre établissement », avait-il été jusqu'à dire), le directeur de l'hôtel leur avait donné une de ses plus belles chambres.

Et, présentement, à l'intention de Suzanne, Figaro se plaisait à en énumérer les splendeurs : une cheminée de marbre brocatelle, un de ces cartels dits à la renommée, une coiffeuse à trois miroirs, quatre bras de lumière en bronze doré (que, de nos jours, on appellerait bêtement des appliques), un très joli secrétaire et enfin un grand tapis dont, avec une assurance de connaisseur, Figaro prétendait qu'il devait être de la Savonnerie. Décidé à profiter de ce confort jusqu'à l'extrême et avec cette agilité d'esprit qui lui faisait immédiatement épouser les usages locaux, Figaro annonça qu'il allait consacrer cet après-midi à une longue sieste. Et tandis que Suzanne sortait pour aller explorer les magasins de Chiaia, il était resté là, étendu, les yeux au plafond, bercé par le marmonnement de Nabu qui, lui aussi ayant adopté les mœurs locales, s'était mis à parler avec force gestes, en agitant ses ailes.

Ce bel instant de bonheur devait voler en éclats sous l'irruption de trois individus de pas très bonne mine qui, non sans quelques commentaires, tant le Napolitain aime parler, se jetèrent sur Figaro, le bâillonnèrent, l'enveloppèrent dans le tapis, descendirent l'escalier et passèrent devant l'employé de la réception à qui un des trois individus eut la bonté de dédier un bref salut, deux doigts au chapeau, en y ajoutant cette information articulée sur un ton très professionnel : entreprise de nettoyage.

En rentrant, Suzanne commença par ne pas s'inquiéter. Son Figaro était allé se promener, c'était bien son droit. Puis, ayant remarqué la disparition du tapis, ce qui lui paraissait étrange dans un hôtel de cette catégorie, et alertée aussi par l'agitation insolite de Nabu, elle s'affola, courut chez le directeur de l'hôtel. Celui-ci, homme d'action, prit la situation en main, eut un geste de la paume pour rassurer un client que les larmes de Suzanne avaient inquiété et envoya un chasseur quérir la police.

Assez rapidement, il faut le reconnaître, elle se présenta, sous les espèces de deux policiers, malheureusement en uniforme d'été, ce qui fait toujours un peu négligé, l'un long et maigre comme un jour sans pâtes, l'autre court et gros comme un jour avec pâtes (bien qu'on dise que les pâtes ne font pas grossir). En se relayant, ils émirent diverses hypothèses.

– Pour moi, ce sont des amateurs, dit le maigre.

– À moins que ce ne soit la Camorra, dit le gros. Dans ce cas...

Et il eut à l'intention de Suzanne un geste désolé.

– Ceux-là, ce sont des redoutables.

Mais le maigre insistait.

– Moi, je dis que ce sont des amateurs. Le coup du tapis, ça sent l'amateur. Non, reprit-il sur un ton un peu différent et en s'adressant, cette fois, à Nabu qui continuait à marmonner, non, je ne suis pas sergent-major. Je ne suis que brigadier.

– Pourquoi dis-tu ça ? dit le gros qui, selon les apparences, devait être le supérieur hiérarchique de l'autre.

– Parce que cet animal s'obstine à m'appeler sergent-major !

– Raffaele ! dit le gros sur un ton exténué. Voudrais-tu m'expliquer pourquoi cet animal t'appellerait sergent-major alors que tu n'es que brigadier ?

– C'est ce que je me tue à lui dire, chef.

Et avec un revers du bras :

– Sale bête, va !

– Sergent-major, dit le gros policier rêveusement.

Puis, penché sur la cage de Nabu et sur un ton encourageant :

– Répète un peu, pour voir.

Nabu se lança dans un discours assez confus mais dans lequel, en effet, on pouvait reconnaître les mots *sergente-maggiore* (il va sans dire que Nabu avait déjà pris l'intonation italienne).

– *Sergente-Maggiore !* dit le policier en se redressant avec, sur son large visage, l'expression de Christophe Colomb découvrant l'Amérique. Le vicolo del Sergente-Maggiore. Je ne connais que ça. Ces crétins ont dû en parler pendant l'enlèvement. Ah, bravo, mon vieux ! ajouta-t-il en tendant la main vers Nabu pour le féliciter mais en la retirant après quelques instants sans doute sous l'effet d'un intense travail intérieur sur la difficulté que pouvait représenter la poignée de main avec un perroquet.

Un quart d'heure plus tard, ayant appelé quelques renforts, les deux policiers ratissaient le vicolo del Sergente-Maggiore et, dans une de ces pièces du rez-de-chaussée qui ne prennent jour que par la porte et qu'on appelle des *bassi*, ils découvraient Figaro ligoté sur une chaise et veillé par un albinos, espèce assez rare à Naples. Lequel albinos, pendant tout le transfert au commissariat, ne cessa d'attester qu'il était entré là par hasard et qu'il n'était resté que pour voir comment ce fakir se déligoterait tout seul.

11

C'est à Trieste, l'antique Tergeste (où, je le rappelle, devait être assassiné, en 1768, l'illustre archéologue Johann Joachim Winckelmann, né à Stendal mais sans lien de parenté connu avec le célèbre écrivain français), c'est à Trieste donc que Figaro et Suzanne devaient rencontrer la *bora*, un vent qui souffle par là, qui ne souffle que par là, allez savoir pourquoi, mais qui, lorsqu'il s'y met, peut se déchaîner avec une rare violence.

C'est ainsi que comme, en tenant son chapeau à deux mains, Figaro s'était arrêté pour admirer une de ces façades patriciennes qui font l'orgueil de Trieste et comme, un moment, il avait baissé les yeux, il fut tout ébahi, en les relevant, de constater que cette façade n'était plus la même. Quoi ? Ce vent était-il assez fort pour transformer une façade, pour en arracher les atlantes, pour en modifier les contours ? Non, mais il l'était au point d'avoir transporté Figaro vingt mètres plus loin sans qu'il s'en fût aperçu et le faire ainsi se retrouver devant une façade qui n'avait rien de commun avec la précédente non seulement parce qu'elle était d'un autre style mais aussi parce que l'une appartenait à un propriétaire qui en avait pris soin tandis que l'autre était le fait d'un locataire qui, comme il arrive souvent avec les locataires, l'avait laissée décrépite.

Sur quoi, à cent mètres, Figaro aperçut Suzanne qui s'efforçait de le rejoindre. Qui s'efforçait, c'était le cas de le dire car, comme elle se trouvait à un croisement de rues, le vent, par un phénomène singulier, la poussait dans une certaine direction tandis qu'il continuait à pousser Figaro dans une autre. Ainsi, tendant les bras l'un vers l'autre, ils avaient l'air de deux goélands perdus dans la tempête, de deux pingouins égarés sur un iceberg où, par un caprice de la nature, se seraient donné rendez-vous le mistral et la tramontane, le noroît et le suroît, le simoun et le sirocco.

12

À Zagreb, l'hôtelier avait pris Figaro à part.

– Une table d'hôte, ça vous intéresse ?

– Ça dépend du prix, rétorqua avec sang-froid Figaro pour qui, en voyage, toute invite cachait un piège.

– Il n'y a pas de prix. Chacun apporte sa contribution en nature, si vous me passez l'expression. Vous vous en tirerez avec un strudel ou un pâté de campagne.

– Que me dites-vous là ?

– C'est chez le comte Zouboff, poursuivait l'hôtelier. Un moyen qu'il a trouvé pour ne pas dîner tout seul. Vient qui veut.

– Ah ! dit Figaro sur un ton compétent. C'est une coutume locale.

– Non, dit l'hôtelier sur le ton le plus sérieux. C'est une coutume du comte Zouboff.

Bref, ce soir-là, munis d'un jambonneau, Figaro et Suzanne se présentaient chez le comte Zouboff.

Ce Zouboff était un colosse, la barbe en collier, assez Henri VIII par Holbein, en plus rugueux et flanqué d'une épouse qui ne lui cédait que de deux pouces. À peine eut-elle vu Suzanne, elle se précipita sur elle.

– Ma pauvre enfant ! Vous vous êtes attifée en duègne.

En effet, ne sachant pas trop où elle allait, Suzanne avait donné dans le noir.

– Ici, ce n'est pas le genre. C'est libre compagnie. À la brave. Venez. Nous allons arranger ça.

Elle emmena Suzanne dans sa chambre, un incroyable fouillis, le lit défait, les armoires grandes ouvertes, des robes, des jupes accrochées partout, l'ensemble, toute révérence gardée et en moins dramatique s'entend, évoquant assez le célèbre tableau de Carpaccio représentant le martyre de dix mille chrétiens, ce qui est beaucoup pour un seul tableau.

En un tournemain, pêchant un lé d'indienne par-ci, un foulard de soie par-là, elle avait transformé Suzanne en une houri des plus orientales. À leur retour dans la salle du bas, où d'autres convives étaient survenus, l'applaudissement fut général. Toute contente, Suzanne tournait sur place, un rien provocante. Un des nouveaux venus s'avança vers elle.

– Notre ami Liotard, dit la comtesse, en lui assenant sur l'épaule une tape à ébranler le mont Blanc. Le peintre, vous savez.

– Madame, dit Liotard, je reviens d'Orient. Je n'y ai pas trouvé de vision plus enivrante que celle de ce soir. Avec votre permission, je vais prendre de vous, ce soir, quelques croquis.

C'est là l'origine du tableau de Jean-Étienne Liotard, intitulé *Suzanne au harem,* tableau qui, hélas, a disparu dans l'incendie du château de Montmaur-en-Gâtinais.

13

Cet après-midi-là, à Vienne, Figaro et Suzanne étaient entrés dans une de ces pâtisseries viennoises où tout est blanc et or, délices et crème. Par osmose avec ces comptoirs si bien laqués, ils s'étaient mis à marivauder, mot qui, si j'en crois une lettre de Diderot à Sophie Volland, venait, vers ce temps-là, d'entrer dans le vocabulaire.

– Que tu es jolie, mon cœur !

– Que tu me le dises, j'en suis bien aise, mon cœur.

– Que ta présence est charmante, mon cœur.

– Que la tienne m'est plaisante, mon cœur.

– Et quatre cœurs, quatre, dit la serveuse qui, ayant cru saisir au vol une commande, leur apportait quatre biscuits en forme de cœur, spécialité viennoise.

– Je ne les ai pas demandés, protesta Figaro.

– Bon, je les remballe, dit la serveuse.

– Ah, mon cœur, reprit Figaro, si je m'écoutais...

– Tu t'écoutes trop, dit Suzanne, mutine.

– Sais-tu ce que je ferais ?

– Non. Dis-le-moi, fripon, friponneau.

– Eh bien, je te prodiguerais des cajoleries.

– Pas ici, dit Suzanne avec un regard vers les comptoirs laqués. Allons plutôt chercher quelque charmille.

Ils sortirent et ils eurent le bon sens, au lieu de chercher quelque charmille, de regagner leur chambre d'hôtel où ils purent se câliner tout leur soûl.

14

Dans un temps où on glose si volontiers sur le non-dit, où on le traque entre les alinéas, les paragraphes ou les répliques de pièces, on permettra peut-être à l'auteur d'évoquer un non-événement, c'est-à-dire non pas un événement insignifiant, bien au contraire un événement capital avec le seul inconvénient qu'il n'a pas eu lieu ou que ses conséquences n'ont pas été celles qu'on aurait pu prévoir. Nous sommes, toujours à Vienne, dans une de ces guinguettes, comme il en abonde par là. Sous les arbres, des tilleuls, si je ne m'abuse, sont assis des gens et passent des serveuses que, bravant les préjugés, nous n'hésiterons pas à qualifier d'accortes, bien que, là, sur la droite, il y en ait une qui me paraît bien épaisse pour l'emploi. Et, à une de ces tables, devant deux *Eiskaffee*, il y a Figaro et Suzanne. Et à une autre table, à trois ou quatre mètres, doux Jésus ! est-ce possible ? Mais oui, nous ne rêvons pas, à cette autre table, il y a Mozart, Mozart lui-même, Wolfgang Amadeus Mozart. À côté de lui, son père, l'excellent Léopold, la mine toujours aussi sévère, qui le sermonne, qui ne perd jamais l'occasion de lui seriner les secrets du *do* dièse et du *si* bémol. Et ils ne savent pas ! Mozart ne sait pas qu'il a devant lui, à trois pas, ce Figaro grâce à qui, après Beaumarchais, il va composer un de ses chefs-d'œuvre.

Et Figaro non plus ne sait pas qu'il a devant lui ce Mozart qui, après Beaumarchais (et Paisiello), va porter son nom jusqu'à nous. N'y aurait-il pas dû avoir, à ce moment-là, quelque chose dans l'air, un éclair dans le ciel, un coup de vent ou, au moins, une brise, qui les aurait poussés, qui les aurait jetés dans les bras les uns des autres, Mozart dans les bras de Figaro, Suzanne dans les bras de Léopold qui, si revêche qu'il fût, n'y aurait sans doute pas été insensible. Ou vice versa, négligeons la nuance. Mais non ! La brise n'est pas passée. *Fatalitas !* Quand on pense à tout ce qu'ils auraient pu se dire quelques années plus tard ! Permis de rêver. Permis de rêver à cette rencontre qui n'a pas eu lieu comme à toutes ces rencontres dont le temps n'a pas voulu, à toutes ces rencontres auxquelles n'a manqué que la coïncidence ; auxquelles, comme dans les gares et les aéroports, n'a manqué que la correspondance. Permis de rêver sur les pages sublimes qu'aurait écrites Saint-Simon s'il avait vécu jusque sous Napoléon. On imagine ses doléances, ses sarcasmes. On l'imagine affrontant l'Ogre de Corse et réclamant pour sa femme le tabouret. Imaginons Mme de Maintenon rencontrant Robert Redford. Aurait-elle cédé à ce regard si bleu ? Aurait-elle été vivre sur les rives du Meschacebé ? Ou aurait-elle préféré rester avec Louis XIV et dans les avenues du pouvoir ? Imaginons Platon rencontrant Bergson, rue Madame, et s'en allant deviser avec lui sur un banc du Luxembourg. Que de grands moments perdus ! Nous sommes peu de chose, allez.

15

À Berlin, Figaro et Suzanne eurent la chance de tomber sur une grande revue militaire passée par Frédéric II en personne. Après quoi, gavés de fifres et de tambours et attirés par la faconde d'un bateleur juché sur un tonneau, ils entrèrent dans une manière de hangar et s'y trouvèrent en présence d'un de ces automates qui, vers ce temps-là, faisaient fureur. Celui-ci représentait un joueur d'échecs, pour le moment occupé à disputer une partie avec un partenaire en chair et en os. Figaro s'extasiait lorsqu'un fort long vieillard s'approcha.

– L'automate, Monsieur, dit-il, est un vieux rêve de l'humanité. Je peux vous citer l'invention de Héron d'Alexandrie déjà au premier siècle après Jésus-Christ. Vous citer aussi Boèce, un sénateur romain qui, dit-on, possédait une collection d'automates. Ou encore trois savants arabes, les frères Banou-Mousa, Mohammad, Ahmed et Al-Hasan (aller jusqu'à énumérer ces trois prénoms, ce n'était plus de l'érudition, c'était de la coquetterie) qui, vers 813, firent exécuter le premier orgue automatique. Ce que je vous dis, Monsieur, c'est du sérieux. Tandis que cet automate-là...

Le long vieillard avait baissé la voix.

– C'est de la faribole, Monsieur. Il y a un nain caché dedans. Le miracle, ici, ce n'est pas l'automate, c'est que ce nain n'a jamais été mis échec et mat par personne. Sur ce, à votre bon cœur, Monsieur-dame.

16

À Hambourg, ville hanséatique comme on dit quand on n'a rien de mieux à faire, Figaro commit une école ou, pour le dire en langage plat, il se fit rouler. Il musait, le nez au vent (qui était, ce jour-là, de faible à modéré), lorsqu'il avait été abordé par un individu dont les traits étaient, disons, assez risqués, en ce sens qu'il avait le nez de travers et une pommette plus haute que l'autre.

Cette curiosité anatomique entraîna Figaro à l'entrée d'une ruelle, lui exhiba un morceau de tissu de quatre centimètres sur six, lui en fit constater la qualité et lui confia que c'était là l'échantillon d'une superbe pièce de drap anglais volée par un marin britannique à bord d'un brick de cette nation (c'est fou ce qu'il y a d'Anglais dans cette affaire), pièce de drap que ledit marin était prêt à céder pour une somme modique et somme modique que l'obligeant intermédiaire était tout disposé à aller lui remettre pour en rapporter ladite pièce où, à l'en croire, il y avait de quoi tailler six costumes. Le croirait-on ? Figaro, qui était pourtant fin comme un cheveu et rusé comme le chacal – et qui, il est vrai, avait toujours rêvé de se faire habiller à Londres –, eh bien, Figaro se laissa prendre, remit la somme à l'obligeant et ne revit jamais ni l'une ni l'autre. On imagine les sarcasmes de Suzanne lorsque Figaro dut lui avouer ce mécompte.

17

À Sarrebruck, ce matin-là, laissé seul dans la chambre d'hôtel, Figaro et Suzanne étant allés baguenauder, Nabu méditait. Au rebours des hommes qui parlent plus qu'ils ne pensent, les perroquets pensent plus qu'ils ne parlent. Nabu, en tout cas, appartenait à l'espèce des perroquets philosophes et, partageant en cela le regard sceptique que portait Figaro sur le monde, il se sentait même parfois diablement voltairien. Encore enivré par les applaudissements que lui avait valus son intervention lors de l'enlèvement de Figaro, il s'estimait de plus en plus capable de dire des choses, de proférer des adages, des aphorismes, de fortes pensées enfin. Seulement, pour cela, il lui aurait fallu les mots. Il n'avait pas les mots. Son premier propriétaire et puis Figaro et Suzanne lui en avaient bien appris un certain nombre. Mais c'étaient des mots de tous les jours, des mots bien ordinaires. Nabu rêvait de vocables plus rares comme il en avait parfois cueilli au vol : nasitort, pérennité, bonheur-du-jour, boustrophédon. Ah, pouvoir dire boustrophédon !

Ou, mieux encore, pouvoir articuler des mots tels que Spinoza, Leibniz ou Montaigne comme il les avait entendus, un jour, lors d'une garden-party chez les Almaviva, énoncer par un jeune pédant qui, par cet étalage de son savoir, avait fait se pâmer les dames. Mais comment aurait-il pu le faire, lui, Nabu, alors qu'il ne savait même pas si Spinoza n'était pas une variété d'épinards ou Montaigne une manière de pot-au-feu ?

Sur quoi, entra la femme de chambre venue refaire le lit.

– *Buenos dias,* Coco, dit-elle.

Ce *Buenos dias*, à Sarrebruck, peut surprendre. C'était ce qui restait à la femme de chambre d'une liaison de vingt minutes qu'elle avait eue avec un client issu de Biscaye. Mais admirons la délicatesse. S'adresser en espagnol à un perroquet espagnol, eh bien, je connais des gens qui n'y auraient pas pensé. Insensible à cette nuance, Nabu enrageait. Oh ! pouvoir lui river son clou, à cette cul-terreuse probablement recrutée dans la campagne environnante et assez sotte pour croire que tous les perroquets s'appelaient Coco ! Pouvoir lui assener une phrase qui la figerait sur place et la ferait douter de ses sens ! Lors d'un des parcours dans ces fichues diligences, Nabu avait entendu un voyageur parler d'une certaine institution qui, s'il avait bien compris, s'appelait l'Académie française et où des préposés étaient chargés de dresser des listes de mots. C'est ça qui lui aurait fait son affaire, à Nabu. Avec une liste de mots, il saurait se dépêtrer. Selon ce même voyageur, ces préposés, parfois, entre deux discussions graves, se passaient, en catimini, des billets avec des calembours. Nabu avait retenu le mot et se le répétait avec bonheur. Il y voyait comme une trouée dans les étoiles. Il avait cependant noté aussi qu'en parlant du calembour, le voyageur avait eu un accent de dérision comme si ce mode d'expression eût été à ranger loin derrière la synecdoque ou la prosopopée. Quel crétin, ce voyageur ! Si Nabu avait bien compris, le calembour, ça consistait à jouer avec les mots, à les modifier pour leur donner une autre signification, une autre fraîcheur. Pouvait-on rêver un jeu plus merveilleux ? Pourtant, toujours d'après ce voyageur, s'il y avait des gens que les calembours enchantaient, il en existait d'autres qu'ils mettaient au bord de la crise de nerfs. Phénomène que Nabu se promettait d'ausculter de plus près.

Là-dessus, sa tâche terminée, la femme de chambre s'en alla.

– *Good bye,* Coco ! dit-elle.

Ce *Good bye* provenait, lui, d'un client anglais pour qui, bonne âme, la femme de chambre avait également dénoué son tablier.

– Nabu ! rectifia Nabu.

Puis, dans un cri :

– Nabu de pouvoir !

Deuxième miracle de ce voyage : Nabu avait fait un calembour.

18

On se souviendra peut-être qu'à deux ou trois reprises, Figaro s'était posé des questions sur ce voyage et sur les mobiles qu'avait pu avoir le comte Almaviva en le leur offrant. Il s'en était même ouvert à Suzanne, un soir, sur l'oreiller, les oreillers, comme on sait, étant faits pour ça. Suzanne n'avait eu sur ses jolies lèvres que le sourire amusé de l'épouse qui en sait plus long que son mari. Pour elle, cette largesse était la naturelle conséquence des avances que lui avait faites le comte et du penchant qu'il avait montré pour elle.

À Troyes pourtant, ce matin-là, quelque chose devait venir la troubler. En sortant de l'hôtel, elle avisa, sur la place, un de ces colporteurs comme on en voyait beaucoup vers ce temps-là, un de ces colporteurs qui, sur leurs éventaires, présentaient aux chalands non seulement quelques objets de nécessité indécise mais aussi des vues d'optique ou encore ces almanachs dont le rôle dans la diffusion des idées devait avoir tant de conséquences.

Et elle s'arrêta, comme frappée par un coup de trique. Ce colporteur, elle l'aurait juré, n'était autre qu'un certain débardeur dont, à Genève, sur les bords du lac, en attendant la diligence, elle avait remarqué la physionomie et la musculature. Plus émue qu'elle ne l'aurait voulu, elle remonta dans sa chambre et fit le narré de la chose à Figaro, lequel la traita de visionnaire et, tant est grande parfois la mauvaise foi des maris, finit par lui reprocher de trop regarder les hommes. Quelle apparence de sens y avait-il à ce qu'un débardeur genevois se retrouvât colporteur à Troyes ?

19

Ils se remirent en route, utilisèrent cette fois une voiture de poste, l'horaire de la diligence étant mal commode et, après un parcours au cours duquel ils se disputèrent encore un peu sur l'affaire du vendeur d'almanachs, vers les cinq heures, ils arrivèrent à Reims. C'était un samedi.

Le lendemain, dimanche, Suzanne manifesta le désir d'aller entendre la messe dans la cathédrale. Ami des Lumières, comme on sait, Figaro ne l'accompagna pas. Sans compter qu'il n'aimait pas le gothique que, selon les préjugés de son temps, il tenait pour barbare. Sans compter aussi que sa querelle avec Suzanne au sujet du colporteur lui avait laissé une vague rancune. C'est dans l'idée de s'en revancher que, sur une place de belles dimensions, il aborda une plumassière qui prenait le frais devant son négoce. Il en était aux premiers compliments lorsque s'arrêta devant eux un carrosse à la portière duquel apparut une dame assez forte, peinte à l'excès mais dans les tons blancs.

– Madame la Duchesse, dit la plumassière en esquissant un bout de révérence.

– Alors ? Mes plumes ? dit la dame.

Puis, en interpellant, cette fois, Figaro :

– Hé, vous ! Quelle heure est-il ?

– L'heure que vous voudrez, Madame, dit Figaro qui savait son monde et avant même d'avoir tiré sa montre de son gousset.

– Alors, ce sera l'heure du berger, dit la dame avec décision.

Et comme Figaro n'avait pas l'air de saisir toute la portée de ce propos pourtant transparent :

– Monte donc, demeuré !

Figaro monta. Le carrosse repartit à fond de train et, vingt mètres plus loin, s'engouffra sous un porche. Saisissant Figaro par le coude, la dame lui fit traverser la cour, le fit entrer par une porte-fenêtre, intima à un grand pendard qui passait par là d'apporter des sorbets et enfin emmena Figaro dans une autre pièce où, sur-le-champ et, plus précisément, sur une méridienne tendue d'un très joli satin, elle se livra à une étreinte dont le moins qu'on pût dire était qu'elle était vivace.

Après quoi, toujours dans un trot très enlevé, elle lui fit retraverser l'autre pièce, ne lui laissa même pas l'occasion de toucher à son sorbet qui pourtant n'avait pas eu le temps de fondre et le poussa dans la direction de la porte-fenêtre. J'ai dit : dans la direction. En effet, ayant une exacte idée de son rang et de ses prérogatives, la duchesse s'était arrêtée à trois mètres en arrière.

Ce qui fait qu'en se retournant pour un dernier baise-main qu'il estimait dicté par la circonstance, Figaro se trouva devant ces trois possibilités : ou cette grande dame avait le bras assez long pour qu'on pût lui baiser la main à trois mètres de distance, ce qui paraissait improbable ; ou bien Figaro aurait dû revenir de trois mètres en arrière, ce qui était vexant ; ou bien enfin il lui fallait partir sans baise-main, ce qui lui paraissait peu poli. Il opta pour l'impolitesse et s'en fut, très peu bourrelé par les remords d'avoir trompé sa chère Suzanne. Aussi bien, avec son colporteur, ne l'avait-elle pas volé.

20

– Nom ? dit le fonctionnaire de police.
– Figaro, dit Figaro.

C'était à Bruxelles. Ce jour-là, après avoir admiré la Grand'Place, Figaro s'était aventuré dans le quartier des Marolles. Il comptait y assister à un de ces spectacles de marionnettes dont ce quartier avait la spécialité. Pris dans une rixe où il n'entrait pour rien, il avait été arrêté et ramené à la Grand'Place mais, cette fois, au poste de police.

– Prénom ?

– Anonyme, dit Figaro. Je n'ai pas de prénom.

– Monsieur ! dit avec force le fonctionnaire. Un homme sans prénom, ça n'existe pas.

– Si je n'existe pas, laissez-moi m'en aller.

– Écoutez, fieu, reprit le fonctionnaire. Pas de métaphysique, s'il vous plaît. Moi, j'ai besoin d'un prénom.

Puis, engageant :

– Allez, je mets Eugène. Ça va ?

– Eugène ? dit Figaro. Je ne m'y habituerai jamais.

– Bah ! On s'habitue à tout, dit le fonctionnaire.

Et, s'adressant à un sbire qui se tenait dans le fond de la pièce :

– Gabriel ! Emmène-moi ça à l'amigo.

En effet, à Bruxelles, la prison s'appelait l'amigo, souvenir évident de la domination espagnole. Figaro fut mis dans une cellule où, à part lui, il n'y avait qu'un autre détenu qui, cuvant sa détresse, ne lui dit pas un mot. Deux heures plus tard, le sbire Gabriel revint. Ainsi, dans l'embrasure de la porte, éclairé dans le dos par la lumière du dehors, il avait assez l'air de l'archange du même nom.

– Eugène ! dit-il.

Cette interpellation n'ayant eu aucun écho, il répéta :

– Eugène Figaro !

– Ah, c'est moi, dit Figaro en sursautant.

– Allez ! dit l'archange. Vous pouvez partir. Un prêtre est venu se porter garant.

– Un prêtre ! s'exclama Figaro.

– Un prêtre ! s'exclama à son tour Suzanne lorsque, rentré à l'hôtel, Figaro lui eut narré sa mésaventure.

Machinalement sans doute, elle avait pris la pose que, dans son célèbre ouvrage *Iconologia*, Cesare Ripa conseille aux sculpteurs qui ont à exécuter une statue de la piété.

Puis, comme illuminée :

– C'est le colporteur !

– Quoi ! dit Figaro.

– Voyons, poursuivait Suzanne avec son implacable logique de femme. Si un débardeur peut devenir un vendeur d'almanachs, je ne vois pas pourquoi un vendeur d'almanachs ne pourrait pas devenir un prêtre.

21

Tout cela aurait dû les mettre en garde. Allez donc prôner la prudence à deux êtres jeunes qui font un beau voyage. À Amsterdam, quelques jours plus tard, comme Suzanne s'attardait à regarder le mouvement des péniches sur un canal, elle fut abordée par une dame d'un aspect fort décent malgré une tache de vin qui lui mangeait la moitié d'une joue. Avec une expression d'une parfaite bonté, cette dame s'enquit de son état.

– Femme de chambre, dit Suzanne.

– Ah ah ! dit la dame. Bretonne sans doute ?

– Non. Espagnole.

– Espagnole ! rétorqua la dame avec enthousiasme. Un tempérament de feu, je suis sûre.

Un instant, Suzanne s'interrogea. Avait-elle un tempérament de feu ? À tout hasard elle acquiesça. Apparemment de plus en plus séduite, la dame l'invita à venir chez elle pour y prendre une tisane dite des quatre mendiants dont elle lui vanta l'agrément. Toujours curieuse de voir les intérieurs étrangers, Suzanne la suivit.

Elle se retrouva dans un vaste salon dont le luxe, miroirs, ottomanes, cadres à fla-flas, ne l'éblouit pas une seconde, habituée comme elle l'était au faste du château des Almaviva.

En revanche, ce qui lui parut inquiétant et, en tout cas, peu hollandais, c'était, au pied d'un escalier qui débouchait dans le salon, la présence d'un homme en pantalon bouffant, le torse nu, avec des muscles qui saillaient, pareils à des racines d'arbres et comme, de nos jours, on n'en voit plus que, parfois, sur les plages et, plus souvent, dans les établissements de strip-tease réservés à une clientèle féminine.

Son infusion bue, Suzanne allait prendre congé lorsque, après deux ou trois bâillements dont elle demanda qu'on l'excusât, elle sombra dans un profond sommeil. De toute évidence, l'infusion avait été machinée. Trois heures plus tard, Suzanne se réveillait dans une chambre dont la sobriété contrastait avec le luxe du salon. Elle courut vers la porte. Comme on pouvait s'y attendre, elle était fermée à clé. Vers la fenêtre : elle était munie de fort bons barreaux.

Sur ce, introduit par le videur, puisqu'il faut l'appeler par son nom, entra un homme dont le visage et l'aspect général évoquaient tout à fait un mur de briques. Sans doute ennemi de l'équivoque ou peut-être pressé, il enleva aussitôt sa redingote. Mais Suzanne, comme on sait, n'était pas tombée de la dernière averse. Tout en ayant eu une jeunesse très préservée mais curieuse de tout, elle n'était pas sans avoir entendu parler de ce que, dans les milieux spécialisés, je veux dire chez les catins, on appelle le coup de la passion. Le principe en est assez simple. Encore, pour le pratiquer, faut-il un certain brio. Par chance, le mur de briques entendait assez l'espagnol. Avec des ronronnements de chatte amoureuse et des avancées du buste comme s'il était animé par un élan intérieur, Suzanne lui exposa que, nanti d'un charme comme le sien – charme dont, confessait-elle, elle éprouvait déjà le pouvoir dévastateur –, il était bien béjaune de payer pour coucher avec une femme alors que, pour sa part, elle était prête à filer incontinent avec lui pour aller, à son domicile ou ailleurs, et gratuitement, le régaler de cajoleries jamais vues ou même pour aller arpenter les trottoirs aux fins d'assurer son mieux-être.

Cette proposition plongea l'individu dans une méditation qui, elle aussi, avait l'air d'être en briques. Il en émergea pour déclarer que, certes, l'offre était séduisante mais que, connaissant les us de la maison où ils se trouvaient, il ne voyait pas comment tirer Suzanne de ce guêpier. Notons la délicatesse du terme. Ce mur de briques avait-il une âme ? Résigné à cette impossibilité et reprenant son dessein initial où il l'avait laissé, il enleva sa culotte.

Culotte dont, aussitôt, Suzanne s'empara et comme par jeu, comme pour une plaisanterie, elle l'enfila en réussissant à y fourrer ses jupes. Sur le mur de briques, il y avait eu comme un rayon de soleil : il riait. Dans le même mouvement, Suzanne endossa sa redingote, rafla son chapeau qu'il avait gardé sur la tête, une sorte de melon plat, alla vers la porte à reculons, en se dandinant. Le mur de briques s'amusait de plus en plus. Elle lança encore : « Je reviens. Tu verras. C'est une surprise. » Elle dévala l'escalier, passa non sous le nez mais sous la nuque du videur affairé avec un client bougon, se retrouva dans la rue, prit ses jambes à son cou (ce qui est manière de parler), arriva à son hôtel, monta l'escalier quatre à quatre (autre manière de parler, les marches étant parfois en nombre impair), s'abattit en pleurant sur la poitrine de Figaro. Lequel, ignorant la péripétie qu'elle venait de vivre, lui tapota l'omoplate en la traitant de grande nerveuse.

22

Figaro heurta un pilier en fonte qui supportait un balcon, dit « Pardon, Monsieur », ne reçut aucune réponse, dit « Pardon, Madame », ne reçut aucune réponse non plus et s'en trouva renforcé dans l'idée qu'il se faisait de l'impassibilité des Anglais.

Mais comment expliquer cette méprise ? Eh bien, c'est tout simple : Figaro et Suzanne sont maintenant à Londres et, à Londres, il y a le brouillard. Il était, ce jour-là, particulièrement épais.

Comme, dans cette brume cotonneuse, Figaro avait déjà perdu Suzanne deux fois, et après avoir envisagé de se mettre en cordée, il la prit vigoureusement par la main et ainsi, à deux, belle image de l'amour parfois errant dans le flou des sentiments, ils avancèrent dans ce qui ne pouvait être qu'une rue. Ayant avisé un banc ou plutôt une chose dont, en la tâtant, ils conjecturèrent que c'était un banc, ils s'assirent et entamèrent une de ces tendres querelles d'amoureux dont ils étaient accoutumés. Soudain, à tous deux ensemble, il leur échappa un cri. Le brouillard s'était dissipé et dans la lumière gris-perle qui lui avait succédé, il apparaissait avec évidence, d'abord, que ce banc, qu'ils avaient pris pour un banc de square, était situé sur le pont d'un navire et, ensuite, que ce navire cinglait vers la haute mer, allons, n'exagérons pas, qu'il était dans l'embouchure de la Tamise. Perplexe, Figaro interpella un matelot qui virait un cabestan. Le matelot ne répondit que par un grognement. On ne saurait l'en blâmer. Virer un cabestan est une tâche qui exige de la contention. Avec Suzanne sur les talons, Figaro se mit en quête du capitaine. Celui-ci d'abord le prit de haut :

– Le brouillard, le brouillard, l'excuse est inédite. Savez-vous, mon petit Monsieur, que je pourrais vous faire mettre aux fers ?

– À quel titre, je vous prie ? dit Figaro sans perdre son sang-froid.

– Au titre de passagers clandestins, Monsieur !

– Passagers clandestins, nous ! dit Figaro avec feu. Parce que nous nous sommes assis sur un banc ?

– Ce banc était maritime, Monsieur.

– Un banc de sardines peut-être, dit Suzanne toujours mutine.

On aura reconnu là ce ton du dix-huitième siècle, ce ton si vif, si enjoué, si spirituel, ces conversations où chaque phrase était un trait d'esprit, chaque mot une étincelle. Secret que, hélas, nous avons bien perdu.

Cela finit par un *mezzo termine*. On était encore assez près des côtes. Le capitaine fit descendre un canot. Ce canot déposa Suzanne et Figaro dans un petit port de pêche où un voiturier accepta de les ramener à Londres, non sans leur proposer, à mi-chemin, de s'arrêter dans un établissement où on dansait le rigodon. Le rigodon ! On mettrait ça dans un roman, personne n'y croirait.

23

Un doux soleil de septembre régnait ce matin-là sur les montagnes des Highlands. Arrivés la veille dans cette auberge perdue, accueillis par une hôtesse qui avait l'air d'être prête à jouer dans *Les Joyeuses Commères de Windsor*, heureux de trouver la paix de la campagne après de si rudes péripéties, Figaro et Suzanne s'étaient joints à quatre autres clients, quatre jeunes gentlemen rieurs, pour une excursion à cheval.

À peine s'étaient-ils mis en route, un des quatre, un dénommé Tom Jones, qui chevauchait botte à botte avec Suzanne et qui avait eu l'esprit de la retenir un peu en arrière, eut le front de lui vanter le confort d'une certaine meule de foin dont, disait-il, il connaissait l'adresse, ce lapsus indiquant clairement à quel genre de meule de foin il comptait avoir recours. Plantant là l'impertinent, Suzanne piqua des deux, galopa comme une perdue et réussit à rejoindre les autres.

C'était pour les retrouver en fâcheuse posture, entourés par quelques brigands déjà occupés à les dépouiller de leurs guinées.

Avec l'arrivée de Suzanne, les brigands eurent l'air de vouloir modifier leurs desseins. Bien que leurs grognements fussent inarticulés, ils n'annonçaient rien de bon. Sans perdre sa présence d'esprit, Suzanne enjoignit à Figaro d'empoigner sa guitare (qu'il avait emportée pour égayer le pique-nique) et, tournée vers Tom Jones qui, au galop lui aussi, venait de déboucher, elle lui prit la main et ils commencèrent à danser. Et alors là, elle si ravissante et Tom Jones si beau, sur ce plateau herbeux pris entre les montagnes, ce fut la grâce, ce fut la jeunesse, ce fut le bonheur. Ils dansaient et, tour à tour, on vit passer la chaconne, l'allemande, la polonaise, le menuet, la pavane, le branle, la gavotte, le passe-pied, la bourrée, la séguedille, la tarentelle, le flamenco, la sardane et même, tant ils étaient doués, une préfiguration de la polka piquée et y compris, tant Tom Jones était érudit en la matière, quelques traces d'une danse mérovingienne qu'on croyait oubliée.

Charmés, les brigands s'étaient accroupis dans l'herbe et tapaient des mains. Ils finirent par s'en aller et nos excursionnistes rentrèrent se coucher, Suzanne avec une tendre mais innocente pensée pour son beau danseur, Tom Jones avec le sentiment qu'une danse parfois pouvait l'emporter sur une étreinte et l'hôtesse avec le regret que Tom Jones ne se fût pas plutôt adressé à elle.

24

Édimbourg, vers ce temps-là, brillait de mille feux et, autour du célèbre économiste Adam Smith, toute l'élite intellectuelle d'Europe s'y donnait rendez-vous. On lira à ce sujet avec intérêt les *Mémoires* de la princesse Daschkoff, femme tout à fait éminente, auteur notamment du premier dictionnaire russe, qui séjourna plusieurs années à Édimbourg pour permettre à son fils de suivre les cours de cette Université, bel exemple de sollicitude maternelle dont, on peut le supposer, le jeune homme se serait bien passé.

Princesse que, d'ailleurs, malgré cette proximité dans l'espace et le temps, Figaro et Suzanne n'eurent pas l'occasion de rencontrer tant il est vrai que les distances sociales sont parfois pires que les brouillards londoniens. En revanche, ce jour-là, comme ils traversaient le lounge de l'hôtel du Grand Cheval couronné où ils étaient descendus, un beau et noble vieillard les avait invités, en tant qu'étrangers de distinction, à la fête qu'il donnait pour le mariage de sa petite-fille, la sémillante Abigaïl, avec un certain John Mac Nest qui, lui, avait une carrure de percheron.

On pense s'ils acceptèrent avec plaisir cette cordiale invitation. Dans le jardin de l'hôtel, orné de guirlandes et de lanternes vénitiennes, quelques invités, au son des cornemuses, dansaient déjà une gigue des plus animées, les hommes en kilt, les jeunes filles en blanc, les dames en couleurs variées dont ce rose aigu dont la Grande-Bretagne semble détenir le secret.

– Oh, ces kilts ! dit Suzanne. C'est... C'est...

– C'est viril, dit une dame à côté d'elle.

– Je n'aurais pas osé le dire, dit Suzanne en rosissant. Mais pourquoi sont-ils tous des mêmes couleurs ?

– Parce qu'ils sont du même clan, dit la dame qui devait être une autorité en la matière.

Sur ce, du côté du lounge, il y eut un brouhaha. Se présentèrent deux constables. En trois mots chacun (l'Écossais est concis), ils exposèrent que, ce matin même, une banque avait été cambriolée. Un témoin, heureusement, avait assisté à la chose et, selon ses dires, un des malandrins s'était engouffré au Grand Cheval couronné. Portait-il un kilt ? Non. Là-dessus, le témoin était formel. Dès lors, le tour de l'assistance fut bientôt fait. Étant le seul à ne pas porter un kilt, Figaro fut appréhendé et, deux heures plus tard, tant la justice britannique est rapide (exemple que nous serions bien inspirés de suivre), il se retrouvait dans une salle d'audience présidée par un magistrat en perruque.

– Votre nom ?

– Figaro.

– Figaro comment ?

– Figaro tout court, Votre Honneur.

– Ah ! Ah ! Je vois. Forte tête, hein ! Tant pis, mon garçon.

Et adoptant, sans le savoir mais à l'envers, la solution à laquelle avait déjà abouti, on s'en souvient, le fonctionnaire de police bruxellois, il dit :

– Greffier, écrivez. Prénom Figaro. Nom Mac Cullough. Mac Cullough, vous êtes accusé de...

– Un instant, Votre Honneur !

Se frayant un passage dans l'assistance et précédé par son ventre qui était considérable, s'était avancé un homme d'aspect majestueux et dont la mise, la canne, le lorgnon, tout respirait l'opulence.

– Je suis lord Connoly, Votre Honneur, Comte de Blackwell.

– Très obligé, Votre Grâce, dit Son Honneur.

– D'après mes informations, poursuivit l'homme opulent, ce forfait a eu lieu ce matin, entre six heures trente et sept heures. Or, ce matin, mon excellent ami Figaro...

– Figaro Mac Cullough, rectifia le juge.

– Mon ami Figaro Mac Cullough a été constamment à mes côtés de cinq heures du matin à dix heures vingt-deux.

– Intéressant, dit le magistrat. Votre Grâce est-elle certaine des heures ?

– Je les ai vérifiées à mon cadran solaire.

– Témoignage capital, dit le magistrat. Mais cinq heures du matin, pour un colloque, n'est-ce pas une heure étrange, Votre Grâce ?

– Nous chassions la grouse, Votre Honneur. La grouse se chasse tôt.

– Exact, dit une voix dans l'assistance. La grouse, tu te lèves à sept heures, tu peux te recoucher.

– Nous avons même abattu un superbe tétras, poursuivait le témoin. John ! ajouta-t-il sans se retourner.

John s'avança. C'était un homme qui répondait parfaitement à son prénom, vu qu'il n'avait rien de particulier.

– John, montrez le tétras.

John montra le tétras. Un murmure d'admiration parcourut l'assistance.

– Preuve décisive, dit le magistrat. Accusé, vous êtes libre.

Figaro voulut se précipiter vers son sauveur. Suzanne le retint par le bras.

– C'est lui ! dit-elle.

– Qui, lui ?

– Le débardeur de Genève, le vendeur d'almanachs, le prêtre bruxellois.

– Avec ce ventre ?

– Il a dû y fourrer un oreiller, dit Suzanne qui, en matière d'anatomie masculine, on l'aura déjà remarqué, avait l'œil.

L'homme, d'ailleurs, avait déjà disparu.

25

À Brest, ce jour-là, Figaro avait commencé par aller admirer l'Arsenal. Puis, aventuré dans le quartier qui avoisine le port, il s'était amusé à regarder les bandes de matelots qui, en se tenant par le bras et en barrant toute la rue, étaient déjà ivres à la pensée de dilapider en deux heures leur paye de six mois. Curieux de voir cela de plus près, Figaro entra dans une de ces tavernes d'où sortaient des braillements, s'assit, parvint à attirer l'attention d'une serveuse, passa sa commande et resta tout surpris en voyant que, sa commande apportée, cette serveuse, contrairement aux usages, s'était assise en face de lui et le dévisageait avec une rare intensité.

– Alors ? dit-elle.

– Alors ? rétorqua Figaro avec à-propos.

– Tu ne me reconnais pas ?

– Dolorès !

C'était une femme petite, le profil acéré, très noire de cheveux, un regard de feu.

– Dolorès ! reprit-il. Qu'est-ce que tu fais là ? Si loin de ton aire natale.

– Toute une histoire, dit-elle. Un Français fou d'amour. Qui m'a emmenée jusqu'ici. Soi-disant qu'il avait un château. Tu aurais dû le voir, son château. Tu n'y aurais pas mis des lapins.

Puis, avec la mine d'une femme comblée ou d'un gourmand découvrant un millefeuille :

– Ainsi tu ne m'as pas oubliée ?

– Heu, dit Figaro prudemment.

– Moi, le souvenir de ton corps est resté gravé dans ma chair, dit Dolorès qui, comme on le voit, ne reculait pas devant le propos appuyé.

Et, comme on la hélait à une autre table :

– Écoute. Là, j'ai mon service qui m'appelle. Ce soir, viens me rejoindre. J'habite la troisième maison après celle-ci, au coin, avec des géraniums à la fenêtre.

– Dolorès, dit Figaro. Je suis marié.

– Moi pas, rétorqua-t-elle avec décision. Ce soir. Et ne te fais pas attendre.

N'ayant pas été une seconde effleuré par l'idée d'aller à ce rendez-vous, Figaro fut atterré, en sortant de l'hôtel, le lendemain, seul heureusement, de la voir, elle, Dolorès, sur le trottoir en face, immobile, le regard fixé sur lui. Un regard de faucon, d'épervier, d'uraète. Puis, dans un geste d'une majestueuse lenteur, elle monta la main vers son châle, l'écarta et Figaro vit apparaître le manche d'un poignard, le manche de la redoutable navaja, l'arme des hommes d'honneur des bas faubourgs madrilènes. Figaro, et comme on le comprend, en resta figé. Que voulait-elle ? Attenter à ses jours, à lui, Figaro, ou se percer le cœur, là, sur la place, au milieu des passants ? Ces femmes au profil acéré sont capables de tout. Empoignant le taureau par les cornes, métaphore que justifie ici la nationalité des deux protagonistes, Figaro avança vers elle.

– Cinquante livres, ça t'irait ?

Par chance, la veille, il avait été négocier une des lettres de change dont l'avait muni Almaviva.

– Cinquante ! dit Dolorès. Tu n'en n'as jamais eu quatre devant toi.

– Les voici, dit Figaro. Mais disparais.

Et il en resta éberlué : elle avait vraiment disparu. À la seconde. Comme emportée par le vent. L'argent a souvent de ces effets miraculeux.

À ce moment, Figaro fut effleuré comme par une ombre, comme par un souffle. Il se retourna. Il avait devant lui une de ces personnes sans âge, une de ces vierges sages comme on en voit vers les sept heures du matin, qui reviennent d'un office, le missel sous le bras, souvent encore jolies malgré les rides et qui marchent avec la grâce légère des êtres voués à Dieu.

– Bien joué, mon gars, dit-elle.

C'était lui ! Encore lui !

26

Le rythme effréné de ce voyage ne nous a pas permis jusqu'ici d'évoquer un des inconvénients de ces parcours en diligence. Cet inconvénient, c'était l'éventuelle présence d'un fâcheux, d'un diseur de riens, bref de ce que nous appellerions maintenant un raseur. Dans un habitacle aussi réduit, il était difficile d'en éviter les ravages. À cet égard, Figaro et Suzanne, pour ne pas parler de Nabu, en avaient eu leur content.

Un jour, cela avait été un homme au visage mafflu qui, d'abord à mots plus couverts qu'un ciel de novembre, puis plus ouvertement, avait laissé entendre qu'il était un grand abatteur de bois (expression qui, vers ce temps-là, commençait à devenir désuète) et qui s'apprêtait même à énumérer ses conquêtes, une gantière, une femme de notaire, jusqu'à ce que Figaro lui eût fait remarquer assez sèchement qu'il y avait des dames. Une autre fois, ç'avait été une dame qui s'était lamentée parce que sa fille, en partant rejoindre son séducteur, avait emporté non seulement l'argenterie (ce que la dame comprenait) mais aussi un broc qui pourtant, pour reprendre son expression, était « tout égueulé » (ce qu'elle comprenait moins). Pendant le parcours, ce broc revint dix fois. Qu'eût-ce été s'il avait été intact ! Une autre fois, cela avait été un voyageur revenu de Turquie qui leur avait fait toute une conférence sur les eunuques. Lesquels, à son avis, n'étaient pas si eunuques que ça et auxquels, Mesdames, vous auriez tort de vous fier.

Une autre fois encore, cela avait été un voyageur féru de physiognomonie qui, pendant tout le voyage, n'avait cessé de comparer leurs différents profils à ceux de divers animaux, ce qui n'avait pas tellement plu.

– Une pintade ? Moi ? avait dit une dame. Ah, merci bien, Monsieur ! Mille grâces. Je n'ai jamais rien entendu de plus malhonnête.

Variété plus curieuse : une dame au visage parcheminé et aux yeux bleus très délavés (était-ce par les larmes ?) qui, pour le moindre bruit, pour le moindre biscuit grignoté, avait montré une telle réprobation que, pendant tout le parcours, les voyageurs avaient été réduits à un silence de tombeau.

Sur le chapitre des raseurs, Figaro avait une politique très ferme : il feignait de dormir et allait jusqu'à simuler des ronflements. Suzanne étouffait ses bâillements. Dans sa cage posée à même le plancher, Nabu se disait qu'il s'instruisait mais que l'instruction, c'était parfois bien aride.

27

– Comment ! s'exclama Figaro, vous avez connu Casanova ?

C'était à Orléans, dans la salle à manger de l'hôtel où, avec Suzanne, il était descendu. Ce soir-là, Suzanne remontée dans sa chambre, Figaro s'était attardé à deviser avec le propriétaire de l'hôtel, un homme dont tout ce qu'il y avait à dire était qu'il était fort gros.

– Parfaitement, dit ce considérable. Monsieur Casanova nous a fait l'honneur de séjourner ici. Avant d'aller en Espagne.

Depuis le jour où, chez les Almaviva, Figaro avait entendu parler de Casanova et de son évasion, il s'était toujours intéressé à lui. Intérêt que son voyage avait maintenant poussé à l'extrême tant, de ville en ville, il avait presque partout retrouvé ses traces. Tantôt, c'était quelque histoire de femme ; tantôt, c'était le souvenir d'une partie de pharaon qui avait duré trente-six heures ; tantôt encore c'était l'affaire du duel avec le comte Branicki, duel dont Casanova avait été si glorieux qu'il avait gardé le bras en écharpe trois fois plus de temps qu'il n'en avait fallu à sa blessure pour se cicatriser.

Il lui semblait, à Figaro, qu'entre Casanova et lui, il y avait quelque chose qui les faisait se rejoindre ; que leurs deux destins étaient parallèles ; que les incessants déplacements de Casanova à travers l'Europe étaient la préfiguration de ce voyage de noce ; qu'à travers toutes ces femmes dont était parsemé son parcours, Casanova n'avait peut-être cherché que les multiples visages d'une Suzanne. Ou même, allait-il jusqu'à penser, ils étaient, Casanova et lui, comme deux astres lancés dans l'espace, voués à se croiser sans jamais se rencontrer.

– Grand joueur, me suis-je laissé dire.

– Joueur ? dit l'hôtelier. Non, Monsieur, il était le jeu en personne. Un jour, je me suis risqué à lui proposer une partie. Là, à cette table, Monsieur.

Il s'était levé et, l'index sur une table, tout le corps tourné vers Figaro, il l'invitait à savourer la solennité de cette commémoration.

– Dans ses mains, Monsieur, les cartes n'étaient plus des cartes. Elles devenaient des étoiles. Qui filaient dans tous les sens. Un feu d'artifice, Monsieur.

– Et il en profitait pour tricher...

– Monsieur, dit l'hôtelier, j'oppose à cette allégation le démenti le plus formel. Pour nous, les vrais joueurs, les cartes, c'est le pain des anges. On ne triche pas avec le pain des anges. Où serait le plaisir ? Casanova avait la grâce, c'est tout. Je perdais tout ce que je voulais. Mais la grâce, Monsieur, ça va, ça vient. Quand ma femme nous a rejoints, je crois que ça a dû le distraire, l'agacer. Il a commencé à perdre. Ma femme est très belle, Monsieur. Comme on dit, elle vaut le déplacement. Je le lui dis parfois : Pauline, tu es un site. Quand elle est remontée dans sa chambre, Casanova est parti, lui aussi. Quel dommage ! Ma femme serait restée, j'aurais regagné tout ce que j'avais perdu.

28

À Versailles, c'était jour d'appartements, c'est-à-dire un de ces jours, assez fréquents d'ailleurs, où le public était admis à visiter le château. En l'apprenant, Figaro était resté abasourdi. « Quoi, moi, modeste barbier ! Admis dans la demeure du roi ! » S'étant fait confirmer la chose, il prit Suzanne sous le bras, se présenta à la grille du château, y loua une épée, seul laissez-passer, outre une mise décente, qui fût demandé. L'assistance était assez clairsemée. Suzanne et lui purent, tout à leur aise, arpenter la Galerie des Glaces, en admirer les ors, les miroirs et les meubles qui, alors, la garnissaient. Un moment même, ils virent passer, à trois pas, un homme d'aspect majestueux, escorté par d'autres, l'air très empressé. Comme Suzanne n'avait pu retenir une exclamation d'étonnement, un homme long et sec, du haut de son altitude, lui dit : « Mais oui, ma bonne, c'est le Roué », prononciation qui nous indique

que cet homme-là était du très haut genre, un duc ou quelque chose d'approchant. Figaro et Suzanne rentrèrent à leur hôtel très satisfaits de leur journée.

29

Avec la lenteur des moyens de transport à cette époque, le voyage avait duré longtemps. Ce soir-là, arrivés enfin à Paris, Figaro et Suzanne, lui dans son habit couleur tabac d'Espagne, elle dans une robe garnie de blonde, assistaient à la première représentation d'une pièce dont le titre, *Le Barbier de Séville*, les avait intrigués.

– Un barbier ? À Séville ? avait dit Figaro en repliant sa gazette. Suzanne, nous devons aller voir ça.

Au lever du rideau, Figaro avait eu un bref coup de menton pour approuver le décor. Une rue à Séville, oui, c'était bien ça. Mais soudain, un nom avait jailli. Et ce nom, c'était le sien ! Figaro ! Suzanne tournait vers lui un regard chargé de stupeur. Comment son Figaro pouvait-il être là, en même temps, à côté d'elle et sur la scène, un peu plus gros seulement ? Venait de passer la fameuse réplique : « Je me presse de rire de tout, de peur d'être obligé d'en pleurer. » À l'instant, Figaro fut persuadé que cette phrase était de lui. Peut-être pas sous cette forme mais l'idée.

En même temps, par une subite illumination, il découvrait toute la distance qui s'étendait entre sa boutade, dite comme ça, dans la rue, pour un seul interlocuteur, et cette réplique clamée devant des centaines de personnes, portée, exaltée par leurs applaudissements, étincelante des feux de la scène et prenant enfin tout son sens.

Mesquins comme nous le sommes devenus, on imagine la clameur, dans un cas pareil, d'un de nos contemporains. On l'entend d'ici. « On a volé mon nom ! Volé ma vie ! Référé ! Dommages et intérêts ! Pourcentage sur les droits ! » Mais le dix-huitième siècle avait l'âme mieux faite, et Figaro avec lui. Loin de se sentir volé, il était transporté.

– Et moi ? dit Suzanne.

– Tu n'étais pas encore là, mon cœur, dit Figaro affectueusement.

Une chose pourtant le peinait : le public était tiède.

– Veux-tu mon avis ? dit-il à Suzanne en sortant. Ça ne va pas marcher. Y aurait-il, comme pour moi, une cabale ?

Voulant en avoir le cœur net, Figaro retourna à la deuxième représentation. Et en resta éberlué. En trois jours, Beaumarchais avait changé sa pièce. Il avait coupé, ajouté, déplacé. Cette fois, le spectacle alla aux nues et, se considérant déjà comme un habitué, Figaro avait souvent été le premier à donner le signal des applaudissements. Un moment, il avait pensé aller féliciter l'auteur. Une pudeur le retint. Il préférait rester à cuver son bonheur. Grâce à cette pièce, grâce à ce triomphe, son nom passerait à travers les âges et peut-être ne s'éteindrait-il qu'avec les étoiles. Il avait raison d'être heureux. C'est ce soir-là que, son joli visage illuminé par la joie, Suzanne lui annonça qu'elle était enceinte.

Quant à l'homme mystérieux qui, si souvent, les avait tirés d'un mauvais pas, l'auteur doit avouer qu'il n'en a pas pénétré le secret. Était-ce un espion se servant de Figaro et de Suzanne comme d'un paravent, profitant de l'attention qu'ils suscitaient pour, dans leur ombre, glaner des renseignements ? Almaviva, en tout cas, s'est toujours défendu d'y être pour quelque chose et, avec son habituelle aisance de grand seigneur, il a fini par déclarer que, vu la dévotion de Suzanne, c'était sans doute son ange gardien qui avait voulu l'accompagner. Au pays de sainte Thérèse d'Avila, cela pouvait passer.

Suzanne y a cru, Figaro moins mais, vrai philosophe, en se répétant ce vieux proverbe andalou : Quand le fruit est bon, ne cherche pas querelle à l'arbre.

DANS LA MÊME COLLECTION

Alphonse Allais
L'affaire Blaireau
A l'œil

Richard Bach
Jonathan Livingston le goéland

Honoré de Balzac
Le colonel Chabert

Charles Baudelaire
Les Fleurs du Mal

René Belletto
Le temps mort
- L' homme de main
- La vie rêvée

Pierre Benoit
Le soleil de minuit

Bernardin de Saint-Pierre
Paul et Virginie

André Beucler
Gueule d'amour

Ray Bradbury
Celui qui attend

Francis Carco
Rien qu'une femme

Jacques Cazotte
Le diable amoureux

Jean-Pierre Chabrol
Contes à mi-voix
- La soupe de la mamée
- La rencontre de Clotilde

Andrée Chedid
Le sixième jour

Bernard Clavel
Tiennot

Jean Cocteau
Orphée

Colette
Le blé en herbe
La fin de Chéri
L'entrave

Corneille
Le Cid

Alphonse Daudet
Lettres de mon moulin
Sapho

Denis Diderot
Le neveu de Rameau

Philippe Djian
Crocodiles

Arthur Conan Doyle
Sherlock Holmes
- La bande mouchetée
- Le rituel des Musgrave
- La cycliste solitaire
- Une étude en rouge
- Les six Napoléons

Alexandre Dumas
La femme au collier de velours

Gustave Flaubert
Trois contes

Théophile Gautier
Le roman de la momie

Genèse (La)*

Goethe
Faust

Frédérique Hébrard
Le mois de septembre

Victor Hugo
Le dernier jour d'un condamné

Franz Kafka
La métamorphose

Stephen King
Le singe
La ballade de la balle élastique

Madame de La Fayette
La Princesse de Clèves

Longus
Daphnis et Chloé

Pierre Louÿs
La Femme et le Pantin

Howard P. Lovecraft
Les Autres Dieux

Arthur Machen
Le grand dieu Pan

Félicien Marceau
Le voyage de noce de Figaro

Guy de Maupassant
Le Horla
Boule de Suif
Une partie de campagne
La maison Tellier

Prosper Mérimée
Carmen

Molière
Dom Juan

Alberto Moravia
Le mépris*

Alfred de Musset
Les caprices de Marianne

Gérard de Nerval
Aurélia

Ovide
L'art d'aimer

Charles Perrault
Contes de ma mère l'Oye

Platon
Le banquet

Edgar Allan Poe
Double assassinat dans la rue Morgue

Alexandre Pouchkine
La fille du capitaine
La dame de pique

Ellery Queen
Le char de Phaéton
La course au trésor

Raymond Radiguet
Le diable au corps

Jean Ray
Harry Dickson
- Le châtiment des Foyle
- Les étoiles de la mort
- Le fauteuil 27
- La terrible nuit du zoo*

Jules Renard
Poil de Carotte

Arthur Rimbaud
Le bateau ivre

George Sand
La mare au diable

Erich Segal
Love Story

William Shakespeare
Roméo et Juliette
Hamlet

Sophocle
Œdipe roi

Robert Louis Stevenson
Olalla des Montagnes

Léon Tolstoï
Hadji Mourad

Ivan Tourgueniev
Premier amour

Henri Troyat
La neige en deuil
Le geste d'Eve
La pierre, la feuille et les ciseaux

Albert t'Serstevens
L'or du Cristobal
Taïa*

Paul Verlaine
Poèmes saturniens
suivi des Fêtes galantes

Jules Verne
Les cinq cents millions de la Bégum
Les forceurs de blocus

Voltaire
Candide
Zadig ou la Destinée

Emile Zola
La mort d'Olivier Bécaille

** Titres à paraître*

Achevé d'imprimer en Europe
à Pössneck (Thuringe, Allemagne)
en septembre 1995
pour le compte de EJL
27, rue Cassette 75006 Paris

Dépôt légal septembre 1995

Diffusion France et étranger
Flammarion